Frida

Eine Lebensgeschichte

Über dieses Buch:
Dieses Buch ist die wahre Lebensgeschichte der Mutter der Autorin. Es ist eine Hommage an diese starke Frau, die Anfang des vorigen Jahrhunderts in eine Welt hineingeboren wird, in der sie nur Armut, Entbehrung und schwere Arbeit kennenlernt. Dennoch schafft sie es, gemeinsam mit ihrem Mann ein erfülltes Leben für sich und ihre Familie zu erschaffen. Krieg, Not und Sorgen hält das Leben für sie bereit, doch meistert sie – wie so viele andere Frauen in dieser schweren Zeit – alle Schwierigkeiten und ihr Weg führt sie in eine bessere Zukunft.

Über die Autorin:
Friederike Steiner wurde 1941 in Großpetersdorf im südlichen Burgenland geboren, wo sie ihre Kindheit und Jugend verbrachte. Danach lebte sie viele Jahre in Wien, zeitweise auch in Stockholm, London und Paris. Seit 1978 ist Kärnten ihr Lebensmittelpunkt. Beruflich war sie als Sekretärin und als Arzthelferin tätig. Sie hat zwei erwachsene Töchter und ein Enkelkind.
Bisher liegen von ihr die Romane „Windhauch", „Lorenz und die Frauen", „Die kleinen Geschichten meines Lebens", „Loslassen – Zulassen" und der Lyrikband „Ins Himmelsblau schauen" vor.

Friederike Steiner

Frida

Eine Lebensgeschichte

Bibliografische Information der Deutschen Nationalbibliothek
Die Deutsche Nationalbibliothek verzeichnet diese Publikation in der Deutschen Nationalbibliografie, detaillierte bibliografische Daten sind im Internet über http://dnb.d-nb.de abrufbar.

Impressum:
© 2014 Friederike Steiner
Herstellung und Verlag:
BoD - Books on Demand, Norderstedt
Umschlaggestaltung, Satz und Layout:
G. Haber, CBSC und C. Hamann
Cover-Foto: Friederike Steiner.
ISBN: 978-3-73-577844-4

Weltfrauentag 1912.

Es ist der erste Weltfrauentag nach seiner Einführung im Jahre 1911. In dem kleinen Dörfchen Neusiedl bei Güssing im südlichen Burgenland, in dem Frida ein paar Wochen danach 1912 zur Welt kommt, weiß man nichts davon. Man kennt auch das Wort Emanzipation nicht. Auch nicht, was Gleichberechtigung heißen soll. Das wichtigste Wort ist *überleben*. Frida ist das sechste Kind, das ihre Mutter zur Welt bringt, später werden noch mehr kommen, im Ganzen sind es zehn; acht davon werden die Kindheit überleben. Das Haus, in dem sie wohnen, ist aus Lehm gestampft und das Dach ist mit Stroh gedeckt. Wenn im Sommer Gewitter die Nacht mit Blitz und Donner erfüllen, werden alle Kinder aufgeweckt, sie müssen sich anziehen und wach bleiben, sollte der Blitz einschlagen, müssten alle schnell aus dem Haus laufen können, denn das Strohdach würde brennen wie Zunder. Das Haus hat zwei Schlafzimmer und eine große Küche. In den wenigen Betten schlafen gleichzeitig mehrere Kinder, die anderen am Lehmboden auf Strohsäcken, gefüllt mit getrockneten, von Kukuruzkolben abgezogenen Häuten. An der Außenmauer im Hof ist noch ein schmaler, mit Holz eingefasster harter Lehmsockel, der von dem vorstehenden Strohdach gegen Regen geschützt wird, so dass man im Trockenen zu den anderen Teilen des

Hauses kommt – zur Kammer, in der Milch und andere Lebensmittelvorräte aufbewahrt werden, da es keinen Keller gibt, zur Scheune, in der auch der Leiterwagen untergebracht ist, und zu den Ställen und zur Obstpresse.

Das Leben im Haus spielt sich in der Küche ab. Ein großer Herd, der mit Holz geheizt wird, ist die einzige Wärmequelle im Haus. Im angebauten Backofen wird das Brot gebacken. Für die Beleuchtung sorgt eine Petroleumlampe. Als Frühstück gibt es eine Mehlsuppe, die in einer großen Rein mitten auf den Tisch gestellt wird. Der Vater schneidet Bissen von einem Laib Brot ab und wirft sie in die Suppe, dann nimmt jeder seinen Löffel und isst aus der Rein. Auch sonst ist das Essen kärglich, viel Sterz, besonders Bohnensterz, Einbrennsuppe, Rahmsuppe mit so wenig Rahm, dass die Suppe gerade ein wenig weiß ist. Erdäpfel, Gemüse aus dem Garten, in Milch eingekochtes „Gerstel" oder „Foafaln" und Brot, das gibt es so gut wie immer. Fallweise gibt es auch Fleisch von den eigenen Tieren mit Erdäpfeln, das ist dann schon ein Sonntags- oder Festtagsessen.

Der Vater ist von Beruf Kleinrichter, ein Gemeindediener, diese Anstellung bringt nur ganz wenig Geld ein, es ist eher ein Hungerlohn. Die paar Äckerchen, die sie besitzen, bringen gerade genug Ertrag für zwei Kühe und höchstens zwei

Schweine, die aber nie groß und fett werden, dazu reicht das Futter nicht. Hühner und Hasen sind noch da und einen großen Gemüsegarten gibt es, in dem am Rand immer Platz für Blumen ist. Ein ganz kleiner Weingarten ist auch vorhanden, von dem ein bisschen Uhudler gewonnen wird, etwa 100 bis 150 l Wein. Mit dem Wein machen sie Buschenschank, um ein wenig Geld damit zu verdienen. Zum selber Trinken bleibt keiner übrig. Die Gäste sitzen dann in der Küche oder draußen im Hof, da stellt niemand Ansprüche.

Es ist harte Arbeit um das tägliche Brot. Alle müssen angreifen. Alle sind gleichberechtigt. Alle müssen ihren Teil der Arbeit verrichten. Denn sie sind so arm, dass sie nur überleben können, wenn sie alle fest zupacken. Es sind fünf Töchter und drei Söhne, die da heranwachsen, und die Mädchen müssen sich nicht erst emanzipieren, sie sind vom ersten Tag an gleichberechtigt. Und sie stellen ihre *Frau*. Sie lernen von der Mutter das Haushalten, das Nähen von Kleidern, das Wäschewaschen, Stricken und Stopfen. Im Garten arbeiten sie und auf dem Feld, im Stall und beim Ernten sind sie dabei. Der Vater und die Burschen machen die körperlich schwerere Arbeit, aber das gibt ihnen keine Vorrangstellung, denn sie begreifen von klein auf, dass ihr Leben ohne die Arbeit der Frauen gar nicht vorstellbar wäre.

Auch das Schule-Gehen ist nicht so einfach. An Erntetagen müssen alle auf dem Feld arbeiten. Im Winter aber, bei Kälte und Schnee, können nicht alle gleichzeitig in die Schule gehen, denn es gibt nicht für jeden ein Paar Schuhe. Ihre Benützung muss immer irgendwie verteilt werden, damit es alle hin und wieder in die Schule schaffen. Da sind die drei Buben oft sehr großzügig und überlassen die Schuhe den Mädchen. Frida geht gerne zur Schule, und sie lernt auch brav, sie lernt so viel, dass sie später fast fehlerfrei rechtschreiben kann, was bei dem Besuch einer nur achtklassigen Volksschule eine beachtliche Leistung ist. Auch in Rechnen ist sie überdurchschnittlich begabt. Das wird sich später noch zeigen, wenn dann die eigenen Kinder mit Rechnungen mit zwei Unbekannten, mit x und y, kämpfen. Sie nimmt einen Zettel und einen Bleistift, rechnet, rechnet, rechnet und sagt dann: „Ich weiß nicht, wie du das rechnen musst, aber hier ist das Ergebnis. Das kommt raus." Und sie irrt sich nie.

Wenn die Mädchen dreizehn Jahre alt sind, gehen sie „in den Dienst" zu den etwas Begüteteren. Dort arbeiten sie ein Jahr lang für Kost und Logis und für ein schönes Kleid für die Konfirmation dann mit vierzehn, das ihnen die Eltern nicht kaufen können. Außerdem ist in dieser Zeit ein Mund weniger zu stopfen. Nach der

Schulzeit geht Frida in die Weberei nach Rudersdorf arbeiten. Da muss sie jeden Tag sehr zeitig aufstehen und knappe zwei Stunden zu Fuß gehen und am Abend dieselbe Strecke wieder heim. In der kalten Jahreszeit sieht sie, außer am Wochenende, gar nie die Sonne, da sie im Finsteren weggeht und wieder in der Finsternis nach Hause kommt. Aber sie ist froh, dass sie überhaupt etwas verdienen kann.

Der Bruder Hans fährt, noch bevor er 16 Jahre alt wird, nach Amerika. Die Eltern haben, wie so viele Burgenländer damals, eine Zeitlang in Amerika gearbeitet, um Geld zu verdienen. Sie haben sich erst dort kennengelernt, obwohl sie in der Heimat nur ein paar Kilometer voneinander entfernt aufgewachsen sind, haben auch in den USA geheiratet und Kinder bekommen. Der erste Sohn ist gleich nach der Geburt gestorben und mit Hans, dem zweiten, sind sie dann in die Heimat zurückgekehrt. Er hat durch seine Geburt die amerikanische Staatsbürgerschaft und muss deshalb vor Vollendung seines sechzehnten Lebensjahres wieder nach Amerika zurück, sonst verliert er diese. Es gibt noch eine große Abschiedsfeier, bei der nicht nur eine zu erwartende sorgenfreie Zukunft von Hans gefeiert wird, sondern bei der auch viel geweint wird, denn man weiß, es wird ein Abschied für lange Zeit sein. Tatsächlich wird er erst als alter Mann, ganz kurz vor seinem Tod, noch einmal mit seiner Frau auf Besuch kommen, um die alte Heimat und seine Familie zu sehen.

Saisonarbeit Herbst 1935.

Auf den großen Herrschaftsfeldern im Nordburgenland und Niederösterreich finden die jungen Menschen aus dem Südburgenland Erntearbeit. Frida mit ihren Geschwistern ist auch dabei. Das Geld, das sie verdienen, bringen sie zum größten Teil den Eltern nach Hause. Sie haben gelernt, hart zu arbeiten, und sie tun es nun auch. Ein Jahr lang hat die Frida bei einer Familie gearbeitet, die ein Geschäft hatte und es sich leisten konnte, ein Dienstmädchen zu bezahlen. Sie hat dort zusammengeräumt, beim Kochen geholfen und alle anderen Hausarbeiten gemacht. Man hat sie gut behandelt und sie hat viel gelernt in dem reichen Haushalt. Es war wie eine höhere Schule für Haushaltsführung, mit anspruchsvollem Kochen, dem Wissen um Hygiene und gutes Benehmen sowie dem Erlernen eines gewählteren Sprechens. Sie ist den Leuten auch recht dankbar dafür. Aber da ihre Geschwister auf der sogenannten „Grünarbeit" viel mehr verdienen und ihre Familie das Geld dringend braucht, geht sie im Herbst auch dorthin. Ihre Schwester Karoline, die „Linni", und ihr Mann haben schon im Frühjahr und im Sommer in Glinzendorf in Niederösterreich, in der Nähe der Donau, gearbeitet, und die wissen, dass zusätzliche Leute gebraucht werden.

Frida kommt gerade rechtzeitig zur Erdäpfelernte. Die Erdäpfel werden von den Männern mit einer Gabel aus der Erde gestochen und auf den Boden geworfen, die Frauen klauben sie zusammen und tragen sie mit Körben zu einem Kastenwagen, der, wenn er voll ist, mit Pferden weggeführt wird. Es ist der erste Tag am Feld. Der Partieführer fragt: „Wer traut sich als Erster anstellen?" Dieser muss ein Kräftiger und Schneller sein, der das Arbeitstempo vorgibt und nicht etwa die ganze Gruppe aufhält. „Ich bin der Erste", sagt ein forscher junger Mann, der Sepp. „Und ich bin der Zweite", sagt sein Freund Nazl. „So, jetzt ihr Weiberleut'", sagt der Partieführer, „wer traut sich als Erste und wer als Zweite?" Da sagt die Frida: „Ich trau mich", und stellt sich mit einem kleinen, stolzen Lächeln zum Sepp, und ihre Schwester Julie geht als Zweite zum Nazl. Und dann arbeiten sie, und der Sepp und die Frida und der Nazl und die Julie zeigen es den anderen, wer arbeiten kann. Nach zwei Stunden sind sie der ganzen Gruppe schon weit voraus. Auch in den nächsten Tagen bleibt es so, dass sie immer an der Spitze sind und immer weit vorne. Der Frida gefällt es, dass der Sepp so ein Fleißiger ist und dabei immer fröhlich bleibt. Und der Sepp ist sehr beeindruckt davon, dass diese junge Frau, die Frida, ihm um nichts nachsteht, dass sie ihre *Frau* stellt. Sie arbeiten zusammen, im gleichen Takt, und sie begegnen sich auf Augenhöhe. Es ist Gleichberechtigung, die da gelebt wird. An manchen Tagen, wenn der Sepp merkt, dass sich die Frida sehr plagt, trägt er ihr schnell den einen oder anderen vollen Korb zum Wagen und sie braucht die Erdäpfel nur in den Korb zu klauben. Dafür revanchiert sich die Frida dann damit, dass sie dem Sepp seine Wäsche wäscht. Jeder hilft dem anderen dabei, was er selber besser kann.

Auch wenn man noch so fleißig arbeitet, zum Reden bleibt immer etwas Zeit, und sie haben sich viel zu sagen. Auch nach der Arbeit sitzen sie fast immer zusammen und erzählen aus ihrem Leben. Der Sepp stammt auch aus einem kleinen Ort, aus Neuhaus i. d. Warth im Bezirk Oberwart, er kommt aus einer Bauernfamilie, er ist der Älteste und hat noch fünf Geschwister, die am Leben sind. Zwei von ihnen leben bereits in Amerika; die Schwester Theresia, die in Amerika zur Welt gekommen ist, und, genauso wie der Bruder von Frida, wieder dorthin musste, bevor sie 16 Jahre alt war, um die amerikanische Staatsbürgerschaft nicht zu verlieren, was Sicherheit für Arbeit und Wohlergehen auf Lebzeiten gewährleistet; dann der Bruder Hans, der nur ein Jahr jünger ist als der Sepp. Hans lebte die meisten Jahre seiner Kindheit bei einem Onkel, der kinderlos ist, später fuhr er nach Kanada und fand einen Weg, nach Amerika einzuwandern, wo er sich ansässig machte und für immer bleiben wird. Dann kamen noch zwei Schwestern dazu und der Bruder Rudolf, der Jüngste, der noch zur Schule geht.

Die Wirtschaft ist nicht gerade groß, aber mit sechs Kühen im Stall und genug Äckern, Wiesen und Wäldern ist sie im Verhältnis zu den anderen im Dorf eine der schönsten. Dennoch ist der Ertrag nicht so groß, dass es nicht doch noch notwendig wäre, etwas dazu zu verdienen. Aber das macht der Sepp gerne, er arbeitete schon als Kind sehr hart. Als sein Vater im ersten Weltkrieg war, führte die Großmutter die Wirtschaft, und als er erst sechs Jahre alt war, musste er schon in aller Herrgottsfrüh aufstehen, um beim Ackern zu helfen. Geackert wurde mit Kühen, die musste er führen, und die Großmutter machte die harte Männerarbeit des Pflügens. Als Belohnung durfte der Sepperl dann auch ein bisschen hinter dem Pflug mitgehen und ihn halten und war stolz darauf, auch schon ackern zu dürfen. Als der Vater aus dem Krieg heimkam, starb dann die Großmutter und vieles von ihrer Arbeit fiel auf den Sepperl. Mit elf Jahren, als die Schwester Hedwig zur Welt kam, musste er schon Kindermädchen spielen, die Schweine füttern und Kühe melken. Der Vater verrichtete die schwere Feldarbeit und die Mutter war sehr viel krank. Als dann zwei Jahre später die nächste Schwester, die Annerl, auf die Welt kam, lag die Mutter im Kindbett und hatte wochenlang eine schmerzhafte Eierstockentzündung, und der Sepperl mit seinen dreizehn Jahren musste ihr alle zwei Stunden kalte Wickel machen. Dann fing er zu kochen an, damit etwas zum Essen da war, wenn der Vater hungrig vom Feld heimkam, und auch für die Mutter, die Schwestern Theresia und Hedwig und für sich selbst musste er sorgen. Sterz machte er, und Nockerln und Nudeln, wie er das halt bei seiner Mutter gesehen hatte. Alles lernte er, der Sepperl, Grießpapperl machen, Flascherl geben und Windeln wechseln. Zum Glück kam die Tante, die Schwester vom Vater, öfter vorbei und half und zeigte ihm auch, wie er vieles machen sollte. Über alles traute er sich drüber, der Sepperl, sogar Strudel backen lernte er.

Als dann die drei Mädchen ein bisschen größer waren, musste er auf das Feld mitgehen und heindln (mit der Haue auf dem Feld arbeiten), Erdäpfel zuhäufeln oder Heumahd umdrehen, wenn gemäht worden war. Die Arbeit für ihn wurde immer schwerer. Dann bekam die Mutter eine Blutvergiftung in der Hand, die zog sie sich beim Bohnenstaudenausreißen auf dem Feld zu. Vier Wochen lag sie im Krankenhaus in Wien, denn im Krankenhaus in Oberwart hätte man nichts mehr für sie tun können, so weit fortgeschritten war die Krankheit schon. In dieser Zeit musste er auch schauen, dass die Mädchen ordentlich angezogen waren, wenn sie in die Schule gingen, sogar Zöpfe flechten lernte er. Er selber konnte nur selten in die Schule gehen, meistens musste er zu Hause arbeiten. Richtig rechtschreiben lernte er nie, denn, abgesehen von den seltenen Schulbesuchen, war die Unterrichtssprache damals ungarisch, da das Burgenland bis 1921 zu Ungarn gehörte und er in den ersten Schuljahren Ungarisch lernen musste, was der deutschen Rechtschreibung nicht wirklich gut getan hat.

Sein erstes Geld verdiente er bei den Ingenieuren von der Landneuvermessung. Für drei Schilling am Tag schleppte er Geräte, bohrte Löcher und war für alle schweren Arbeiten zuständig. Auf das Geld, das er dann heimbrachte, wurde schon hart gewartet, es waren schwere Zeiten damals. Aber das war eine Arbeit, die dauerte nicht lange, und die Vermessungsingenieure zogen weiter. Mit achtzehn Jahren fuhr er zum ersten Mal nach Parndorf im Nordburgenland, Zuckerrüben ausnehmen. Bloßfüßig gingen sie damals alle noch. Auch Rad fahren lernte er dort, zu Hause hatte man noch keine Fahrräder. Im nächsten Sommer fuhr er in den „Schnitt" nach Niederösterreich. Die Familie, bei der er arbeitete, hatte ihn so gerne, dass er auch im nächsten Frühling wieder kam. Drei Jahre hintereinander fuhr er immer wieder zu denselben Leuten. Danach fragte ihn der Hausherr, ob er nicht seine Tochter Peppi heiraten wolle, so einen fleißigen Schwiegersohn könne er brauchen. Obwohl die Peppi ein fesches Dirndl war und ihr Vater ihnen ein Haus zur Hochzeit schenken wollte, in das sie gleich hätten einziehen können, ließ sich der Sepp nicht darauf ein, denn ans Heiraten dachte er damals noch nicht. Zurückgekehrt nach Neuhaus knüpfte er dann doch zarte Bande und „ging" fast zwei Jahre mit einem Mädchen. Sogar nach Amerika wollten sie gemeinsam fahren, aber nachdem er dann einen anderen bei ihr im Bett angetroffen hatte, waren die Liebesbande schnell wieder zerrissen. Damit waren für ihn die Frauen bis auf weiteres kein Thema mehr.

Viel mehr war er an Arbeit interessiert, er machte so viele Versuche. Als Heizer wollte er auf ein Schiff gehen, denn die Schiffe wurden damals noch mit Kohle beheizt. Es hatte geheißen, wenn man das ein Jahr lang macht, könne man in Amerika bleiben. Er fuhr auch zu der Agentur nach Oberwart, die das vermittelte, und meldete sich an, aber dann wurde ihm gesagt, es seien so viele Bewerber, und er kam nicht dran. Denn nach Amerika fahren und dort arbeiten, das war damals für alle das erstrebenswerteste Ziel. Als Nächstes erfuhr er von der Fremdenlegion in Frankreich.

Dorthin wollte er gehen und hatte schon vor, sich anzumelden. Denn sonst fand er keine richtige Arbeit, konnte immer nur kurz auf die Saisonarbeit in der Landwirtschaft gehen, sonst gab es keine Möglichkeit. Sepp war jung, fleißig, unternehmungslustig. Also schien ihm die Fremdenlegion der einzige Ausweg. Weder er noch seine Eltern wussten, was das eigentlich bedeutete. Zum Glück hatte er einen sehr belesenen Cousin, den Rudl, der sehr gescheit war und über Vieles Bescheid wusste. Der sagte seiner Mutter, Sepps Tante, die ihm schon beim Kochen beigestanden war, wie gefährlich und unmenschlich es bei der Fremdenlegion ist. Daraufhin bat ihn die Tante unter vielen Tränen, das doch nicht zu machen, das sei sein sicherer Tod. So bitterlich weinte sie und so lange redete sie auf ihn ein, bis er diese Idee schließlich aufgab. Und so ist er jetzt wieder einmal, nachdem er den ganzen Sommer zu Hause in der Landwirtschaft gearbeitet hatte, bei der Erdäpfelernte in Niederösterreich gelandet.

Auch jetzt auf der „Grünarbeit" ist der Sepp ein Mutiger, er traut sich was. Er bemerkt, dass die Fläche des Feldes größer sein muss, als angegeben ist, er misst es provisorisch mit seinen Schritten, die sein Metermaß sind, nach und geht dann zum Adjunkt, der muss mit dem Klafterziegel alle Tafeln nachmessen. Tatsächlich haben die Leute mehr gearbeitet, als die Herrschaft gezahlt hat. Der Sepp ist dann natürlich der Held für die ganze Partie, denn alle bekommen Geld nachgezahlt. Der Frida mit ihrem ausgeprägten Gerechtigkeitssinn gefällt das auch sehr.

Nach der Erdäpfelernte sind die Zuckerrüben dran. Die Arbeitsgruppen ändern sich etwas, manche gehen, neue Personen kommen dazu. Der Sepp und die Frida suchen sich aber keinen neuen Arbeitspartner, sie bleiben zusammen – und nicht nur bei der Arbeit. Sie spüren bereits, dass sie zusammen gehören. Sieben Wochen haben sie gemeinsam gearbeitet und jetzt, da es ans Abschiednehmen geht, ist es ihnen schwer ums Herz. Der Sepp hat große Achtung vor der Frida, und nicht nur weil sie fleißig ist und hart anpacken kann, sie hat ihn, bei aller Freundlichkeit, auf Distanz gehalten. Das ist ihm noch selten untergekommen, ihm, dem die jungen Frauen sonst nachlaufen und der sich das gerne gefallen lassen hat bis jetzt, das beeindruckt ihn schon sehr. So manche Nacht hat er versucht, sie herumzukriegen, was unter diesen Bedingungen ein Leichtes hätte sein sollen. Alle schlafen in einem großen Saal, auf Holzpritschen mit einem Strohsack darauf, auf einer Seite die Männer und auf der anderen Seite die Frauen. Nur die Verheirateten haben ein Extrazimmer. Das Tapsen von Schritten, das Flüstern und Rascheln und das Knarren der Pritschen sind Beweis genug, wie es da zugeht. Doch die Frida, die ist eine Anständige, so eine Frau sollte man nicht so ohne weiteres gehen lassen.

Dann fragt der Sepp die Frida, ob sie ihn heiraten will, und sie sagt ja, und ihre Augen glänzen dabei. Als jeder zu seiner Familie nach Hause fährt, weinen beide, und der Sepp verspricht, zu ihr nach Hause zu kommen. Und er hält sein Wort. Schon am nächsten Sonntag fährt er gemeinsam mit seinem Cousin Rudl zu ihr. Auf Fahrrädern, da es sonst kein Fortbewegungsmittel außer den Beinen gibt, fahren sie in den etwa 30 km entfernten Ort und finden auch das richtige Haus. Das ist eine Wiedersehensfreude! Von nun an fährt der Sepp jeden Sonntag zu seiner Frida, und irgendwann, nach vielen Wochen, darf er dann tatsächlich bei ihr über Nacht bleiben.

Am 14. April 1936 heiraten sie. Die Hochzeitsfeier findet, wie es Brauch ist, im Ort der Braut statt. In Neuhaus, im Heimatort vom Sepp, besitzt der Ferdl, ein befreundeter Bauernsohn, zwei schöne junge Rösser und einen kleinen Leiterwagen. Der fährt mit der Hochzeitsgesellschaft, bestehend aus dem Bräutigam, seiner Mutter, der Schwester Annerl, seinem Firmpaten und einem Onkel, die 30 km nach Neusiedl bei Güssing. Der Vater muss zu Hause bleiben wegen der Wirtschaft, der Rudolf muss ihm helfen, und die anderen Geschwister leben nicht mehr zu Hause. Der Weg ist weit mit dem Leiterwagen und den Rössern, die Straßen sind sehr schlecht, aber der Anlass ist ein so schöner, dass das auszuhalten ist. In Neusiedl warten schon die Frida und ihre Verwandten, die Eltern, die Geschwister, teilweise schon mit Ehepartnern, und die Taufpaten. Im Ganzen besteht die Hochzeitsgesellschaft aus etwa zwanzig Personen. Nachdem sich die Neuankömmlinge gestärkt haben, geht es weiter nach Kukmirn, wo die Trauungsfeierlichkeiten stattfinden, zuerst das Unterschreiben beim Gemeindesekretär und dann eine sehr feierliche Zeremonie in der evangelischen Kirche. Der Pfarrer, ein alter und sehr toleranter Mann, hält eine so schöne Predigt, dass alle ganz gerührt sind und es richtig feierlich ist. Die Hochzeitstafel ist im Heimathaus von Frida. Es wird aufgekocht, auch die Paten haben viel mitgebracht, sogar die Nachbarn bringen Essen herbei. Es wird getafelt und gefeiert und allen gefällt es gut, und für Frida und Sepp ist es der schönste Tag in ihrem bisherigen Leben.

Hochzeitsreise?

Gleich anschließend an die Hochzeit fahren sie wieder in die Saisonarbeit nach Niederösterreich und arbeiten gemeinsam den ganzen Sommer. Aber nach der Herbstarbeit ist Schluss mit der Saisonarbeit. Frida erwartet ein Kind. Im Heimatort von Sepp mieten sie ein altes Haus, und am ersten Mai 1937 kommt der kleine Julius zur Welt und verändert das Leben seiner Eltern. Der Sepp geht nun in den Wald Holz schlagen, dafür bekommt er genug Geld, um seine Familie zu ernähren, und sie können sogar noch etwas auf die hohe Kante legen. Frida kocht jeden Tag für ihren Mann ein warmes Mittagessen und bringt es ihm in den Wald. Sie kann gut kochen, auch mit bescheidenen Mitteln, und es schmeckt immer so gut.

Dann findet der Sepp eine neue Arbeit bei der Bahn, eine besser bezahlte, und für längere Zeit, wie er glaubt. Es werden neue Gleise gelegt für die Erweiterung der Bahnlinie von Pinkafeld nach Rechnitz, fast bis an die ungarische Grenze, und da hat er das Glück, einen Arbeitsplatz zu bekommen. Sie übersiedeln in einen größeren Ort, nach Großpetersdorf, der liegt an der Bahnstrecke, und im Winter, wenn der Gleisbau still steht, kann Sepp im dortigen Sägewerk arbeiten. Nun geht es ihnen finanziell das erste Mal gut. Sie sind so glücklich, endlich Geld zu verdienen und sich die wichtigsten Dinge des Lebens leisten zu können und dabei noch etwas zu ersparen. Sie haben wieder eine Wohnung gemietet, zwar nur aus Küche und Zimmer bestehend, aber neu hergerichtet. Bei einem Tischler lassen sie sich wunderschöne Schlafzimmermöbel aus Kirschholz mit gedrechselten Verzierungen machen, kaufen schönes Geschirr, einen Fotoapparat und sogar ein Radio. Wie reich sie sich plötzlich fühlen!

Sie schaffen das alles gemeinsam. Frida kauft sich eine Nähmaschine, es ist nur eine übertragene, weil die nicht so teuer ist. Zwar konnte sie nicht Schneiderin lernen, wie sie das als Mädchen gerne wollte, aber sie lernte viel von ihrer Mutter, die alles für die Familie selbst nähte und dieses Wissen an ihre Töchter weitergab. Den Rest brachte sie sich selbst bei, durch das viele Nähen und die Erfahrungen, die sie dabei machte. So schneidert Frida auch schon seit Jahren für sich und für ihre nächsten Bekannten Kleider, und nun, da sie eine eigene Nähmaschine besitzt, macht sie sich mit Feuereifer darüber, damit auch Geld zu verdienen. Zuerst näht sie für die Nachbarn und, da diese sehr zufrieden sind mit den schön genähten Sachen, bald für die meisten Bauersfrauen in der Straße und dann in der ganzen Umgebung hübsche Kleider, Blusen, Röcke, ja sogar Herrenhosen, wenn ihr jemand

Stoff bringt. Meistens wird sie mit Lebensmitteln dafür bezahlt.

Dass es einen Weltfrauentag gibt, das weiß Frida immer noch nicht, aber sie wäre auch nie auf die Idee gekommen, nicht gleichberechtigt zu sein. Immer auf Augenhöhe mit ihrem Mann, so sieht sie sich selbst, und auch für ihren Mann ist sie die gleichberechtigte Partnerin an seiner Seite. Doch sie wissen, dass *sie beide* nicht gleichberechtigt sind, dass sie zur unteren Schicht gehören und „die dort oben", wer immer auch gerade „die dort oben" sind, tun und lassen können, was sie wollen, und sie ihnen ausgeliefert sind.

Und „die dort oben" tun, was sie wollen. Nach drei Jahren, in denen es Ihnen besser gegangen ist, muss Sepp in den Krieg. Im Mai 1941 muss er einrücken und wird nach Norwegen geschickt, ganz hoch in den Norden, nach Kirkenes, das schon fast an der russischen Grenze liegt, und auch Finnland, in dem er auch ein paar Monate stationiert sein wird, ist ganz in der Nähe. Erst am 14. November, also nach einem halben Jahr, kommen sie nach einer langen, gefährlichen Reise dort an und die unvorstellbare Kälte, die sie erwartet, ist fast nicht auszuhalten.

Julius ist jetzt vier Jahre alt und Frida ist wieder schwanger. Viereinhalb Jahre wird Sepp im Krieg bleiben und dreimal wird er nur auf Urlaub heimkommen können. Beim ersten Urlaub wird er dann auch seine kleine Tochter „Friederl" zum ersten Mal sehen, die im Oktober 1941 zur Welt kommt. „Wie soll ich das Kind taufen lassen, wenn es ein Mädchen wird?", fragt ihn Frida in einem Brief, und er wünscht, dass es so genannt werden solle wie seine heißgeliebte Frau. Die Briefe gehen hin und her, und auch kleine Päckchen mit einem Maximalgewicht von zehn Deka dürfen an die Front geschickt werden, das funktioniert in den ersten Jahren recht gut, bis dann eben alles zusammenbricht. So schreibt die Frida ihrem Sepp jeden Tag einen Brief und der kommt in das kleine Päckchen, in dem ein Stückerl Speck ist oder eine trockene Hauswurst oder, da er so gerne Mehlspeisen isst, ein paar von ihren selbstgebackenen Honigbusserln oder Anisbrot oder andere Bäckerei. Und der Sepp sieht die Liebe seiner Frau nicht nur in Worten geschrieben in diesen Briefen, sondern noch mehr spürt er sie, wenn er die kleinen Pakete auspackt und das Gesendete auf der Zunge und am Gaumen zergeht.

Was ist mit dem Weltfrauentag? Darüber redet keiner mehr. Der wurde schon vor einiger Zeit von den Nationalsozialisten durch den Muttertag im Mai ersetzt. Die deutsche Frau, die viele Söhne gebärt, die man später auf den Schlachtfeldern braucht, wird zum Kultobjekt, sie wird die hochgeehrte deutsche Mutter.

Nur kurz sollte er sein, der Krieg, haben die da oben gesagt, aber er dauert. Krieg. Krieg. Krieg. Elend. Krankheit. Leid. Not. Für viele Millionen auch der Tod. Frida zieht mit ihren Kindern im letzten Kriegsjahr zu ihren Eltern, sie hält die Angst um ihren Mann nicht mehr alleine aus. Auch um die Kinder sorgt sie sich sehr, weniger um ihr eigenes Leben. Denn ihr hat einmal, da war sie etwa achtzehn Jahre alt, eine Wahrsagerin aus der Hand gelesen und ihr gesagt: „Ach du, du hast ein langes Leben vor dir, du wirst achtundsiebzig Jahre alt." Eigentlich ist die Frida gar nicht abergläubisch, aber dieser Satz hat sich so eingeprägt in ihr Denken, dass er ihr wie eine gute Verheißung vorkommt und sie daran glaubt.

Mitnehmen zu ihren Eltern kann sie nur das, was leicht zu tragen ist. In die Wohnung würden sie dann später, wenn der Krieg vorbei ist, wieder zurückkehren. Aber nicht bewohnte Wohnungen werden vom örtlichen Parteiorgan geöffnet und der Allgemeinheit zugänglich gemacht. Nur die größeren Möbelstücke und die Nähmaschine und noch ein paar wenige Dinge können von Sepps Eltern mit einem Leiterwagen und einem Pferd davor in die Sicherheit ihres Hauses gebracht werden, und das auch nur, weil die wohlmeinenden Vermieter ihnen eine Nachricht zukommen lassen in ihr etwa 5 km weit entferntes Dorf. Alles andere haben schon die Leute vom Ort weggetragen, aus der nicht mehr versperrten Wohnung. Ganz nach der Devise: „Wenn ich es nicht nehme, nimmt es mein Nachbar oder ein anderer. Da nehme ich es lieber selbst." Echte Nächstenliebe eben. Und der Nächste ist man immer sich selbst, zumindest gilt das für die meisten, und das nicht nur im Krieg.

Der Heimatort von Frida ist mitten drinnen in der umkämpften Front. Vor den heranziehenden Russen sind sie alle noch weiter weg geflohen. Die wenigen Habseligkeiten, wie Kleidung und ein paar Erinnerungsstücke, haben sie im Boden der Scheune vergraben und Stroh darauf getan. Dann spannen sie die zwei Kühe vor einen Leiterwagen und ziehen zu Bekannten auf einen kleinen Bauernhof in eine noch einsamere Gegend, die in diesem Ort, einer Streusiedlung über viele Hektar, zu finden ist. Dort verbringen sie die Zeit im kalten Keller auf Erdäpfelsäcken und warten, wann die Kämpfe über ihren Köpfen aufhören. Tagelang. Nächtelang. Irgendwann ist dann alles vorbei. Wieder zurückfahren auf dem Wagen, mit den zwei Kühen davor gespannt, vorbei an zerstörten Häusern und verkohlten Kühen in abgebrannten Ställen. Das Haus steht noch, unversehrt, welch Glück. Aber alles, was sie vergraben haben in der Scheune, das wurde gefunden und geplündert. Sie haben nun wirklich nur das, was sie am Körper tragen. Aber sie haben ihr Leben.

Dann, nach dem Krieg.

Das Warten. Die Ungewissheit. Kommt er zurück? Lebt er noch? Jeden Tag kommen Soldaten aus dem Krieg zurück, und immer diese Fragen: Weiß jemand etwas vom Sepp, hat einer etwas von ihm gehört, ihn vielleicht unterwegs getroffen? Wochenlang, monatelang. Warten und hoffen und immer wieder fragen. Bis dann endlich die erlösende Nachricht kommt: Dein Sepp ist in Fürstenfeld, du musst ihn holen, er kann nicht über die Grenze, denn das Burgenland ist von den Russen besetzt, die Steiermark von den Engländern, und die Demarkationslinie wird ganz streng von den Russen kontrolliert. Ein Soldat in deutscher Uniform hat keine Chance, da hinüber zu kommen. Frida geht die 20 km nach Fürstenfeld, ihren Mann holen. Einen Korb mit Essen hat sie bei sich, Arbeitshose und Arbeitsjacke aus blauem Gradl für den Sepp, und zwei Rechen, wie man sie für die Heuarbeit braucht. Die Felder und Wiesen müssen bewirtschaftet werden, das wissen auch die Russen, und wie sie über den Fluss, die Lafnitz, hinüberkommt, das weiß sie schon. Nach langem Fragen und Suchen in Fürstenfeld findet sie ihn, ihren Sepp. Das ist dann wirklich der glücklichste Tag in ihrem Leben. Der Sepp zieht die Uniform aus und die Arbeitskleidung an, nimmt einen von den Rechen auf die Schulter, und er und seine Frau, die offensichtlich von der Heuarbeit kommen und noch die Reste einer Jause im Korb mit sich tragen, überqueren die Grenze und erzählen mit einem freundlichen Gruß auf den Lippen den sie kontrollierenden Russen etwas über „robota" (arbeiten). Die Familie ist endlich wieder vereint.

Aber wie findet man wieder zurück zu einem eigenen Leben, zur Normalität von früher? Die Wohnung in Großpetersdorf ist leer und steht auch nicht mehr zur Verfügung. Das Geld, das sie gespart haben, ist wertlos. Fürs Erste ziehen sie ins Elternhaus vom Sepp. Sein Vater ist während des Krieges gestorben und deshalb ist es ganz gut, dass wieder starke Hände da sind, die etwas vom Arbeiten verstehen. Aber da sind noch seine Mutter und die Geschwister, und nicht alle tun so, wie es sich der Sepp vorstellt, und nicht alle ziehen an einem Strick. Auch die Religion schafft Zwistigkeiten. Die Familie vom Sepp war immer katholisch und will es auch immer bleiben, die Frida aber und die Kinder sind evangelisch, das geht auf Dauer nicht gut. Eine stolze Frau ist sie, die Frida, die sich niemandem unterordnet, und schon gar nicht der Schwiegermutter. Es scheint da einen Ausweg zu geben, es gibt noch immer den Franz-Onkel und die Fanny-Tante, bei denen schon der Bruder Hans, der nur ein Jahr jünger ist als der Sepp, gelebt hat, bis er nach Kanada und später nach Amerika ausgewandert ist. So ziehen sie nach Jabing, in einen ein paar Kilometer entfernten Ort. Aber der Sepp will sich nicht mehr unterordnen, der Krieg hat ihn härter gemacht, und auch die Frida fühlt sich nicht wohl. Sie sind beide bereit, hart zu arbeiten, aber sie wollen es für sich tun, sie wollen wieder ein eigenes Leben. Nach einem nochmaligen Aufenthalt von ein paar Monaten in Neuhaus ziehen sie dann wieder nach Großpetersdorf. Der Sepp findet Arbeit in dem Sägewerk, in dem er schon vor dem Krieg gearbeitet hat. Und da dem Besitzer des Sägewerks auch der Ziegelofen gehört, findet Frida dort Arbeit. Sie setzt Ziegel, die aus der Maschine kommen, in große Regale zum Trocknen. Es ist eine schwere Arbeit, aber das ist sie ja gewohnt. Es gibt auch eine Wohnung im Personalhaus, für die sie nichts bezahlen müssen, sogar der Strom ist frei.

Und dann fangen sie an, ihren Traum zu verwirklichen, den Traum vom eigenen Haus. Mit nichts als der Arbeitskraft ihrer Hände. Der Chef erlaubt dem Sepp, ein Stück Grund auf dem Gelände einzuzäunen, dort errichtet er dann einen

Schweinestall. Ganz klein ist das Schwein, als sie es kaufen, und die erste Zeit seines Lebens wohnt es in einem Verschlag in der Küche. Denn in dieser Zeit, in der so viele Hunger haben, wäre es eine große Versuchung und ein Leichtes, so etwas Kleines davonzutragen und damit andere Mägen zu füllen. Als nächstes baut er eine Hundehütte, dann wird ein Hund angeschafft, und der gute Rex bewacht nun das schon etwas größere Schwein und auch ein paar Hühner, die noch dazukommen, und für die über dem Schweinestall ihre eigene Unterkunft errichtet wird.

Ein ganz heller Lichtblick in dieser Zeit nach dem Krieg sind die Pakete aus Amerika. Die Verwandten in den USA sammeln die abgelegten Kleider der Kinder aus der Nachbarschaft und Bekanntschaft. Es kommen nur bestens erhaltene oder auch ganz neue Stücke nach „Austria", manches Mal erst nach vielen Monaten, weil sie zuerst den Umweg über „Australia" machen. So ein Tag, an dem ein Paket ankommt, auf dem immer „gift" draufsteht, was anfänglich verständnisloses Kopfschütteln hervorruft - erst durch die Briefe aus Amerika wird geklärt, dass das „Geschenk" heißt – sind ein Freudentag, noch schöner als Weihnachten. Was da alles drinnen ist in diesen Paketen! Zuckerln und Schokolade, manchmal Spielsachen, die es sonst überhaupt nicht gibt. Einmal kommen zwei Federpennale aus grünem und blauem durchscheinenden Plastik, da sind die Friederl und der Julius, ansonsten eher unauffällige Kinder, die bewunderten Stars in ihren Klassen. Was ist das für ein Material? So etwas hat noch niemand gesehen. Und dann die schönen Kleider! In denen fühlt sich die Friederl wie eine wunderschöne Prinzessin, und alles Graue und Armselige rundherum verblasst. Auch für den Julius und die Eltern sind schöne Sachen dabei. Einmal ist in einem Paket ein „Football" drinnen, er ist für „amerikanisches football" gedacht, aber davon weiß niemand etwas. Man wundert sich nur, dass es einen Ball geben kann, der nicht rund sondern oval ist. Der Julius und seine Freunde, der Lenzl, der Peter und der Eli, spielen trotzdem mit ihm Fußball. Es gelingt zwar nicht richtig, weil er immer zur Seite fliegt und nie geradeaus, aber sie haben ihren Spaß daran, wenigstens ein Ball ist es, immerhin, sonst haben sie ja keinen. Für die Frida werden öfters Nylonstrümpfe geschickt und einmal ein Paar ganz elegante Stöckelschuhe mit Riemchen. Was fängt sie damit an? Sie geht zu den Töchtern von Sepps Chef, zur Ella und zur Thea, und zeigt ihnen diese hauchzarten Strümpfe und diese Wunderdinger von Schuhen. Die jungen Damen sind hocherfreut, Frida auch, denn sie bekommt dafür mehr Geld, als sie sich erhofft hatte. Noch öfters bringt sie die feinen Gebilde, die geschickt werden, an die gleiche Adresse, und immer bekommt sie viel Geld dafür. Diese Pakete werden noch jahrelang geschickt und sind ein wesentlicher Beitrag dazu, dass in das Leben der Familie auch ein bisschen Glanz und Wunder kommen.

Der Sepp und die Frida arbeiten sehr viel. Und sie sparen wieder Geld. Als nächstes muss der Baugrund gekauft werden. Ein bisschen außerhalb des Ortes finden sie einen schönen Hausplatz, 3.000 m² ist er groß. Der gehört einer Frau, die zwar nicht arm ist und noch andere Grundstücke besitzt, aber in dieser Nachkriegszeit wenig zum Essen hat, wie fast alle, die nicht ein eigenes Feld bewirtschaften. Sie bezahlen die Hälfte des Preises in Schillingen und die andere Hälfte mit Lebensmitteln. Frida geht nun zu den Bauern arbeiten, um diese Säcke mit Erdäpfeln, Mehl, Laiben Brot, Butter, Schmalz, Eiern, Milch und anderen Naturalien zu verdienen. Auch so manches Ei von den eigenen Hühnern ist dabei, das für die Bezahlung des Grundstückes aus dem Haus wandert, und die Milch, die sie selber trinken, ist so knapp, dass sie mit Wasser gestreckt wird und ganz bläulich ist. Außerdem näht sie wieder viel, alles gegen Bezahlung in Lebensmitteln. Da es kaum Stoffe gibt, färbt sie Leinensäcke – auch den Stoff, der die Pakete aus Amerika umhüllt – mit dunkelblauer Farbe und macht daraus Arbeitshosen für die Bauern: sie finden reißenden Absatz.

Der Sepp arbeitet ebenfalls viel, auch außerhalb der normalen Arbeitszeit. Er hilft allen Bekannten, die jetzt nach dem Krieg anfangen, sich ein Haus zu bauen, und das sind viele in dem Ort. Fast jedes Wochenende ist er auf einer Baustelle und hilft bei allen schweren Arbeiten. Dafür kommen dann, als er anfängt sein Haus zu bauen, alle diese Bekannten und Verwandten und helfen bei seinem Haus. Natürlich braucht er einen Maurermeister für den Plan, und auch einen Zimmermann, Spengler und Dachdecker, denn das Haus soll auch in den nächsten Generationen fest und sicher stehen, aber alle schweren händischen Arbeiten werden von den Freunden und Verwandten gemacht. Der Aushub des Kellers wird mit Schaufeln mit den Händen getätigt, der Kalk wird selbst gekauft, in einer Grube abgelöscht und mit dem Sand auch mit Schaufeln zu Mörtel gemischt. Ebenso der Beton, es gibt keine Betonmischmaschine, es wird geschaufelt, geschaufelt, geschaufelt, Sand, Zement, Wasser. Das Wasser wird von einem Ziehbrunnen, der in der Nähe des Grundstückes ist, geholt. Es ist ein Brunnen mit einem langen vertikalen Holzarm, an dem an einem weiteren senkrechten Arm ein Eimer hängt zum Wasserschöpfen, wie man ihn auch in der ungarischen Puszta an den Straßenrändern sehen kann und wo die vorbeiziehenden Reisenden und ihre Tiere etwas zum Trinken finden.

Es wird immer so eingeteilt, dass genug Leute da sind. Dafür geht der Sepp dann eben das nächste Mal zu einer Baustelle eines Bekannten arbeiten. Alle helfen mit, auch die Kinder. Die Friedl, wie nun die Friederl genannt wird, ist zwar noch zu schwach, um wirklich zu arbeiten, aber es gibt auch für sie immer irgendetwas zu tun, zumindest kann sie fallweise mit der Gießkanne das Wasser vorsichtig auf Sand und Zement gießen, die starke Erwachsenenarme auf einen Fleck schaufeln, oder sie kann mit einem Rechen das Ganze ständig vermischen. Der Julius ist schon so stark, dass er ordentlich mithelfen kann, und die Aussicht, endlich in ein eigenes Heim und einen festen Wohnsitz mit Eltern und Schwester ziehen zu können, ist sicher Ansporn genug für seinen Eifer. Ihm hat der Krieg besonders schlimm mitgespielt. Um seine vier Klassen Volksschule zu beenden, musste er achtmal in eine andere Schule mit immer wieder einem anderen Lehrer gehen: zuerst Großpetersdorf, dann Neusiedl, Neuhaus, Jabing, wieder Neuhaus. Aber da erschießen die Russen seinen Lehrer und er muss einige Kilometer nach Rohrbach gehen. Als es dann wieder einen Lehrer in Neuhaus gibt, geht er wieder dort zur Schule. Endlich schließt sich der Kreis mit Großpetersdorf.

Langsam geht der Hausbau voran. Es wird immer nur Material gekauft, wenn Geld vorhanden ist, Schulden werden nicht gemacht, das ist zu unsicher, man weiß nie, wie es weitergeht, ob es weiterhin Arbeit gibt und was mit dem Geld passiert. Diese bittere Erfahrung haben sie schon gemacht. Und da die Frida der Finanzminister in der Familie ist, lehnt sie alle Angebote der Bank ab, doch einen Kredit zu nehmen. Sie hat Angst, man könnte ihnen das Haus wieder wegnehmen, würde irgendein unvorhergesehenes Ereignis eintreten. Im Herbst 1949 ziehen sie in das halbfertige Haus ein. Sie können es ganz einfach nicht erwarten, endlich im Eigenen zu wohnen. Die Mauern stehen, das Dach ist drauf, Küche und Schlafzimmer, die im hinteren Teil des Hauses liegen, sind verputzt und geweißt. Im Schlafzimmer ist schon ein Holzboden verlegt, es ist der einzige Raum, der abgeschlossen werden kann, und dort schlafen sie jetzt alle. Der Boden in der Küche ist noch die blanke Erde. Darauf werden nun der Sparherd, die Holztruhe, die Kredenz, Tisch und Stühle und das Wasserbankerl gestellt. Viel ist es ohnehin nicht, was sie haben. Der vordere Teil des Hauses ist unterkellert, aber von der Kellerdecke sind erst die Eisentraversen eingezogen, man kann mit einer Leiter direkt von der Küche in den Keller steigen. Auch die Türen in die beiden vorderen Zimmer gibt es noch nicht, und die Außenfenster in der vorderen Hausmauer sind nur Löcher. Aber die Frida kann für ihre Familie schon kochen, und wenn sie dann am Abend um den Küchentisch bei einer Petroleumlampe sitzen, sehen sie direkt in den Nachthimmel, an dem die Sterne besonders hell leuchten.

Vor dem Winter werden dann die beiden Türen aus der Küche in die späteren Zimmer notdürftig angebracht und die Löcher an der Außenmauer mit Brettern zugemacht. In der Küche wird auch ein Holzboden gelegt, und eigentlich ist es schon ziemlich gemütlich. Elektrisches Licht wird es noch lange nicht geben, denn das Haus steht ein Stück außerhalb des Ortes und dazwischen ist ein Bahnviadukt, da ist es nicht möglich, eine Leitung darüber zu machen. Erst viele Jahre später, als dann andere Häuser gebaut werden und sich alle zu einer Lichtgemeinschaft zusammenschließen und sich die Kosten teilen, werden sie elektrischen Strom bekommen. Aber da hat die Friedl schon fast die ganze Schulzeit hinter sich gebracht und der Julius wird dann bereits in der Lehre bei einem Steinmetzmeister in Hartberg in der Steiermark sein.

Auch das Wasser holen sie fürs Erste von dem Ziehbrunnen, und im Jahr darauf wird ein Brunnen am eigenen Grundstück gemacht. Beim Brunnenbauen wäre fast ein großes Unglück passiert, denn als der Sepp gerade aus dem Brunnen gestiegen ist, stürzen die Rohre in sich zusammen. Da hat ihn sicher wieder einmal sein Schutzengel beschützt, wie schon so oft im Leben vom Sepp, besonders im Krieg, von dem er an langen Abenden immer wieder erzählt, und die Frida und die Kinder hören ihm aufmerksam zu. Er war in Norwegen bei der „Flak", der Flugabwehrartillerie, und er berichtet von vielen gefährlichen Situationen, die gerade noch gut ausgegangen sind, und auch von vielen traurigen Ereignissen. Er erzählt aber auch von der Mitternachtssonne, vom Nordlicht, vom Skifahren, von Kameradschaft und von seinem Vorgesetzten, der ihm mit Sicherheit das Leben gerettet hat. Denn irgendwann wurden Freiwillige für die Ostfront gesucht, und der Sepp, der ja immer einer von den Mutigsten war, trat auch vor und wollte sich melden. Doch mit strenger Miene sagte sein Vorgesetzter: „Sepp, geh sofort zurück, du hast eine Frau und zwei kleine Kinder, du bleibst da, sonst werde ich das deiner Frau schreiben, wie leichtsinnig du bist." Alle, die sich gemeldet hatten, kamen nach Stalingrad, und kein einziger von denen, die der Sepp kannte, kam zurück.

Ein paar Jahre nach dem Krieg kommt ein fremder Mann in das Haus, als Frida gerade nicht da ist. Dem Sepp kommt er bekannt vor, und der Mann stellt sich auch als Franz, ein ehemaliger

Arbeitskollege, vor. Sepp lädt ihn ein, sich niederzusetzen und ein Glas Wein mit ihm zu trinken. „Weißt du, Sepp", sagt der Franz, „die Wahrheit ist, ich bin schauen kommen, ob du gesund aus dem Krieg zurückgekehrt bist und ob deine Frida ohnehin ihren Mann wiedergekriegt hat. Mir hat sie damals so gut gefallen, als wir zusammen gearbeitet haben, aber sie hat ja nur Augen für dich gehabt. Ich habe mir jetzt gedacht, wenn sie alleine wäre, würde sie mich vielleicht doch nehmen. Ich wäre ihr ein guter Ehemann geworden und deinen Kindern ein guter Vater." Der Sepp ist ganz gerührt vom Franz seiner Geschichte, aber ihm ist schon lieber, er selber ist da und muss durch niemanden ersetzt werden. Freundschaftlich verabschieden sich die beiden. Als Frida nach Hause kommt und alles erzählt bekommt, lacht sie und sagt, ihr sei es auch lieber so. Aber stolz ist sie schon ein bisschen, dass da jemand nach so vielen Jahren noch Ausschau nach ihr hält.

Die Jahre vergehen.

Das Haus wird langsam fertig gestellt, das Grundstück ist schon lange eingezäunt, es gibt Obstbäume und Nussbäume und einen großen Küchengarten, es gibt einen Schweinestall, in dem zwei Schweine sind, einen Hühnerstall mit Hühnern, einen Hasenstall mit Hasen, und natürlich ein „Häusl", einen Abort, daneben. Um seine Notdurft zu verrichten, muss man über den Hof gehen, auch im kalten Winter und auch in der Nacht, mit einer Taschenlampe ausgerüstet, denn ein Hoflicht gibt es nicht ohne elektrischen Strom. Und die Hundehütte ist selbstverständlich auch noch vorhanden, denn ein treuer Hund, der alles bewacht, bedeutet Sicherheit.

All das hat der Sepp mit seinen eigenen Händen errichtet. Bei Vielem hilft die Frida mit, oder sie erledigt andere Arbeiten, denn davon gibt es genug. Der Julius ist bereits als Lehrling bei einem Steinmetzmeister in Hartberg, er ist fleißig, fährt mit dem Bus in die Berufsschule nach Graz, und zum Wochenende kommt er nach Hause, im Sommer mit dem Fahrrad, in der kalten Jahreszeit mit dem Bus und der Bahn. Wenn er mit dem Bus die Demarkationslinie überquert, müssen alle Fahrgäste vor der Grenze aussteigen, ihren Identitätsausweis herzeigen, zu Fuß die Grenzlinie überqueren, dann kontrollieren die russischen

Soldaten noch, ob sich niemand im Bus versteckt, erst danach darf auch er über die Grenze fahren und die Reisenden können wieder einsteigen.

Der Sepp erbt dann, als das Erbe in seiner Familie aufgeteilt wird, einen Wald und zwei Äcker. Nun gibt es genug Holz zum Heizen. Die Bäume schneiden der Sepp und die Frida um, beim Herausschleppen der kleineren, dürren Bäume aus dem Wald helfen auch die Kinder mit. Für das Nachhauseführen des Holzes durch einen Bauern geht die Frida wieder auf sein Feld arbeiten. Aber jetzt sind auch zwei eigene Äcker zu bestellen. Für das Umpflügen braucht man ebenfalls einen Bauern mit Pflug, und die Frida dient den Preis schon wieder mit Arbeit auf dem Feld bei ihm ab. Die anderen Arbeiten am eigenen Acker werden mit den Händen gemacht, hauptsächlich mit denen von der Frida, nach der Arbeit kommt auch der Sepp nach, und die Friedl geht nach der Schule ebenfalls fleißig mit der Mutter mit. Erdäpfel setzen, mit der Haue ein Loch in die Erde machen, Erdapfel hinein, mit der Haue wieder die Erde darauf, dann Wochen später, Erdäpfel zuhäufeln und Anfang Herbst die Erdäpfel ausnehmen, mit der Haue ausgraben, die Erde abputzen, in einen Sack tun und auf einem kleinen Leiterwagerl heimführen, oder einen vollen Sack über das Fahrrad legen und nach Hause schieben. Eine gute halbe Stunde dauert ein Weg vom Acker bis nach Hause. Am anderen Acker baut man Kukuruz an, alles, alles, alles machen sie mit ihrer Hände Arbeit, jeder Sack wird mit dem Leiterwagerl oder Fahrrad nach Hause gebracht. Jetzt gibt es bereits zwei Schweine und zumindest ein Dutzend Hühner, die brauchen Futter. Und die Familie natürlich auch. Manchmal verkaufen sie sogar Erdäpfel, die ganz frühe Sorte, die schon Anfang Sommer geerntet werden kann, da kommen auch wieder ein paar Schillinge ins Haus. Denn Geld ist immer sehr knapp. Zwar hat jeder ein Paar Schuhe, wenn es kalt ist, aber Socken sind Mangelware, dafür ist nicht immer genug Geld da, denn auch Wolle ist teuer. Manchmal wickelt man sich Stiefelfetzen (gemacht aus Kleidern, die schon gewendet wurden und nochmals getragen, dann geflickt und nach dem nächsten Riss zu sonst nichts mehr zu gebrauchen sind) um die Füße. Damit kann man auch ein wenig nachhelfen, wenn die Schuhe, die dem Bruder zu klein geworden sind, der Schwester noch zu groß sind, dann nimmt man eben einen dickeren Fetzen. Auch Gummistiefel gibt es immer, denn die Straße, die an ihrem Haus vorbeiführt, ist eigentlich nur ein Feldweg, und bei anhaltendem Regenwetter oder im Frühling bei der Schneeschmelze kann es schon passieren, dass ein Gummistiefel im aufgeweichten Boden steckenbleibt und der Fuß plötzlich nackt ist. In der warmen Jahreszeit gehen ohnehin alle barfuß, aber nicht nur sie, sondern die meisten Leute im Dorf, auch fast alle Kinder, gehen mit nackten Füßen in die Schule, das ist normal.

Hungern müssen sie nicht, zum Essen haben sie immer, aber die schwere Arbeit macht die Körper, vor allem die der Eltern, so dünn und dürr, kein Gramm Fett ist an ihnen, nur Muskeln und Sehnen sieht man. Auch der Friedl sagt man bei einer Schuluntersuchung, dass sie mehr essen müsse, sie hätte nicht genug Gewicht. Geld gibt es fast keines, alles wird in den Hausbau gesteckt. Wenn die Friedl einen Schilling für das Schwarze Kreuz oder eine andere Sammlung in der Schule abzugeben hätte, steht sie sehr selbstbewusst auf und sagt: „Meine Mutter kann mir den Schilling nicht geben, wir haben ihn nicht." Sogar für den Schulausflug am Ende des Schuljahres oder für das Klassenfoto gibt es kein Geld. Manchmal wird ihr ein Foto geschenkt oder sie wird gratis auf den Ausflug mitgenommen. Und wenn nicht, macht es ihr auch nichts aus. Sie schämt sich nicht, dass sie arm sind, dass sie noch weniger haben als die anderen, die auch nicht viel haben. Sie lernt von ihren Eltern, dass man auch stolz sein kann, wenn man wenig hat und ohnehin alles leistet, was man kann. Sie weiß bereits, dass Geld nicht das Wichtigste ist im Leben, dass es Werte gibt, die glücklich machen und die man nicht um Geld kaufen kann. Ihre selbstbewusste Mutter lebt es ihr vor, und dieses Wissen wird Bestandteil ihrer Lebenseinstellung. Und ihrer Lebensfreude.

Eine kleine Weihnachtsgeschichte: Der Sepp hat schon so oft von den schönen, warmen Wollpullovern erzählt, die die Norweger immer getragen haben, dass ihm die Frida eine große Weihnachtsüberraschung machen will. Er soll auch so einen schönen, warmen Pullover bekommen. Heimlich kauft sie Wolle, winterweiß ist sie und die beste, die sie bekommen kann. Und wenn der Sepp nicht zu Hause ist, macht sie sich an die Arbeit. In ein sauberes Tuch wickelt sie die angefangene Strickerei und die Wolle, und jedes Mal, bevor sie daran weiterstrickt, wäscht sie sich gründlich die rissigen, rauen Hände, damit nur ja dem wundervollen Weiß nichts passiert. Zur gleichen Zeit, in den Wochen vor Weihnachten, muss sie auch Fleisch selchen, denn ein Teil des Fleisches vom Schwein wird als Schinken oder als Würste in der eigenen, vom Sepp gebauten „Selch" geräuchert. Dazu muss sie das richtige Feuer haben, nicht zu heiß, aber sie darf es nie ganz ausgehen lassen. Viele Male am Tag muss sie das Feuer kontrollieren, Holz nachlegen und sich um die richtige Hitze kümmern. So viel Hände gewaschen hat sie sich nie in ihrem Leben, und auch nicht so gründlich wie in dieser Zeit. Dass das oftmalige Händewaschen die Haut noch rissiger macht und die Wolle dann noch mehr an ihren rauen Händen reibt und sie wund macht, nimmt sie hin und ist Teil ihres Weihnachtsgeschenkes. Die Freude, die sie dann in Sepps Augen sieht im Licht der Christbaumkerzen, entschädigt sie für alles. Überhaupt gibt es jetzt bereits wunderbare Geschenke zu Weihnachten. Schon mit dem ersten Ersparten kauft der Julius ein: ein Kaffeeservice mit goldenen Rändern bringt sein Christkind. Die Familie ist ganz aus dem Häuschen, so etwas Feines hat es bis jetzt noch nicht bei ihnen gegeben. Dann bekommt die wissbegierige Friedl das dicke Buch „Die Welt von A – Z" von ihm geschenkt. Es ist ein wesentlicher Beitrag zur Aufrechterhaltung ihres immerwährenden Wissensdurstes und für ihre Weiterbildung. Dafür putzt sie ihm jetzt immer die Schuhe, wenn er heimkommt, holt ihn vom Zug ab und trägt seine Tasche, wenn er es ihr erlaubt. Es folgen noch viele Geschenke von ihm, vom ersten Manikürzeug bis schließlich zum Kofferradio, das sie später bis nach Wien, Stockholm, London und Paris begleiten wird.

Was ist mit dem Weltfrauentag? In diesem Teil der Welt und in dieser Bevölkerungsschicht hat man immer noch nichts von ihm gehört. Wie denn auch? Wer hätte in dieser Zeit daran gedacht, dass die Frauen nicht gleichberechtigt sind? Sie waren es, die die Arbeit machten, als die Männer im Krieg waren, die die Kinder vor dem

Verhungern schützten und irgendwo immer etwas zum Essen auftrieben. Sie waren es, die nach dem Krieg den Schutt wegräumten und beim Aufbau ihre *Frau* stellten. Sie waren es auch, die ihre ausgemergelten Männer nach der Gefangenschaft wieder hochpäppelten und ihren wunden Seelen Trost zusprachen. Und in den Herzen der Frauen wächst wieder Hoffnung auf ein normales Leben und ihre Blicke richten sich in die Zukunft. Irgendwo, in den Städten, kämpfen Frauen für die Gleichberechtigung, die es natürlich nicht wirklich für sie gibt, und das kommt allen zugute, aber die meisten Menschen am Land wissen gar nichts davon.

Gute Zeiten kommen jetzt.

Der Sepp arbeitet schon seit Jahren als Partieführer beim Güterwegbau. Durch das ganze südliche Burgenland ziehen sich die von ihm und seiner Partie gebauten Straßen, die sie mit einem haltbaren Asphaltbelag überdecken. Irgendwann ist auch das Haus fertig. Frida braucht nicht mehr zu den Bauern arbeiten gehen. Aber damit sie eine Pension bekommt, muss sie noch ein paar Jahre arbeiten, zuerst in einem Betrieb, der Holzpantoffeln herstellt, dann in der neugebauten Schule gegenüber von ihrem Haus. Der Sepp ist dort, nachdem er bereits in Pension ist, noch als Schulwart tätig, er und die Frida machen die Arbeit in der Schule gemeinsam und putzen auch die Räume. Mit 65 Jahren kann dann auch die Frida in Pension gehen. Nun haben sie genug Geld, um sich ihre bescheidenen Wünsche zu erfüllen. Es gibt bereits seit langem einen Elektroherd, eine Waschmaschine, einen Fernseher und all die anderen Dinge, die mittlerweile in das Leben von fast allen Einzug gehalten haben. Auch ein kleines Auto haben sie schon seit Jahren, mit dem sie sehr viel unterwegs sind. Viele Ausflüge machen sie, und viele Besuche bei der weit verstreuten Verwandtschaft. Bis nach Wien fahren sie, wo die Friedl mit ihrer Familie lebt, und später, als sie nach Kärnten zieht, fahren sie auch jedes Jahr zumindest zweimal zu ihr und ihrer

Familie. Als dann Haus gebaut wird in Kärnten, fahren sie noch viel öfters hin und helfen sehr mit, sind immer fleißig, wie sie es eben ihr ganzes Leben lang waren. Der Julius hat die Meisterprüfung gemacht, eine Werkstätte gebaut und einen eigenen Betrieb aufgemacht, der so gut geht, dass er bald in Unterwart eine große neue Halle errichtet und einige Arbeiter beschäftigt.

Es scheint, dass das Leben immer schneller läuft. Beide Kinder haben eine Familie gegründet, und der Sepp und die Frida haben nun vier Enkeltöchter, über die sie sehr glücklich sind. Weiterhin sind sie sehr sparsam und lassen ihren beiden Kindern, gerecht verteilt, Hilfestellung nicht nur in Form von Arbeitsleistungen sondern auch von so manchem Geldbetrag zukommen. Alles besprechen sie beide mitsammen, alles machen sie gemeinsam, da gibt es keine Heimlichkeiten zwischen ihnen und keine Bevorzugung. Die Frida hätte nur darüber gelacht, wenn ihr jemand gesagt hätte, sie sei nicht gleichberechtigt; in diese Situation ist sie ihr ganzes Leben lang nicht gekommen. Oft reden sie von den alten Zeiten und auch darüber, dass sie sich damals nie vorstellen hätten können, wie gut es ihnen jetzt geht. Sie sind mit ihrem Leben zufrieden und stolz auf das, was sie geleistet und mit ihren Händen geschaffen haben.

März 1981.

Der Weltfrauentag feiert seinen siebzigsten Geburtstag, die Frida ein paar Wochen danach den neunundsechzigsten. Sie ist immer noch sehr tüchtig, kann noch so viel leisten, ist eine wunderbare Köchin, hat genug zu tun im Haushalt. Der Sepp hat nicht mehr so viel Arbeit, aber er sucht sich immer eine, er kann gar nicht stillsitzen, seine Hände suchen immer eine Beschäftigung. Die meiste Arbeit im Garten macht er. Auch wenn die Frida kocht und er ist bei ihr in der Küche, hilft er ihr, ohne dass sie ihn darum bittet. Er holt das Grünzeug aus dem Garten zum Suppenkochen, er schneidet die Nudeln, denn die Frida macht sie immer noch selbst, weil sie dem Sepp so gut schmecken. Er klopft die Schnitzel, schält die Erdäpfel, holt den Salat aus dem Garten, deckt den Tisch. Wenn die Frida dann nach dem Essen abwäscht, greift er oft nach dem Geschirrtuch und trocknet ab, denn er will, dass die Frida bald fertig ist, damit sie dann gemeinsam spazieren gehen können oder auch mit dem Auto eine Ausflug machen oder sich ganz einfach hinsetzen und mitsammen sprechen.

Dass das Leben irgendwann zu Ende geht, darüber denken sie nun auch öfter nach, denn an vielen Gräbern sind sie schon gestanden, an denen der Eltern, von Geschwistern, anderen

Verwandten und Bekannten. Frida denkt nun manchmal an die Wahrsagerin, die ihr, als sie achtzehn Jahre alt war, aus der Hand gelesen hat: Achtundsiebzig Jahre hat sie ihr prophezeit, das kommt ihr nun oft in den Sinn, aber sie spricht nicht darüber. Ihre älteren Geschwister leben nicht mehr, sie meint, nun wäre sie als Nächste an der Reihe. Aber der Bruder Karl, der jünger ist als sie, stirbt, und sie ist noch da und demnächst achtundsiebzig. Zuerst merkt niemand die Veränderungen an ihr, aber bald sind sie so offensichtlich, dass man sie nicht mehr übersehen kann. Auf einmal lacht sie nicht mehr, ist sehr misstrauisch, schafft es nicht mehr zu kochen, sie verlegt Sachen, findet sie nicht wieder, sie erzählt Dinge, die nicht wahr sind. Man konsultiert Ärzte, aber es vergeht noch einige Zeit, bis man dann weiß, was sie hat: Alzheimer. Nun ist es wieder der Sepp, der den Haushalt führt, der sie betreut. Aber er erkrankt an Dickdarmkrebs, wird operiert, und während er im Krankenhaus liegt, ist die Frida bei ihrer Tochter und ihrer Familie, und auch eine Weile nach dem Spitalsaufenthalt bleiben sie beide noch in Kärnten. Die Frida kann das alles nicht mehr verstehen. Sie trägt ständig ihre Handtasche mit sich herum, auch im Haus. Da drinnen hat sie einen Zettel, auf den hat sie mit ihrer immer noch schönen Handschrift geschrieben: „Ich habe alles vergessen, ich weiß nichts mehr von dieser Welt." Wenn sie jemand fragt, wie es ihr geht, holt sie den Zettel heraus und liest den Satz vor, denn sie wäre nicht mehr imstande, ihn so unvorbereitet zu sagen.

Der Sepp wird wieder gesund. Eine Weile leben sie noch gemeinsam in ihrem Haus, eine Haushaltshilfe kommt jeden Tag und kocht und verrichtet die Hausarbeit. Aber als Frida dann einen Schlaganfall hat und nicht mehr gehen kann und Windeln braucht, geht es nicht mehr zu Hause, und der Sepp bringt die Frida in ein 20 km entferntes Pflegeheim nach Pinkafeld. Dorthin fährt er nun dreimal in der Woche und besucht sie und verbringt viel Zeit mit ihr. Sie redet nicht mehr viel, sie hört ihm lieber zu, und auch wenn die Kinder, Enkelkinder und andere Verwandte zu Besuch kommen, weiß sie nicht viel zu sagen. Manchmal stellt sie Fragen, die am öftesten gestellte ist: „Was muss ich heute noch tun?" Auch wenn sie sonst alles vergessen hat, dass sie arbeiten muss, das ist so in ihr Innerstes eingebrannt, dass es ihr nie mehr aus dem Sinn geht. Ein zweiter Schlaganfall zwei Jahre später führt dazu, dass sie nicht mehr sprechen, nicht mehr schlucken und sich nicht mehr alleine im Bett umdrehen kann. Ernährt wird sie mit einer Sonde. Es ist schlimm, das anzusehen, aber der Sepp, der auch schon mehr als die Hälfte über achtzig ist, fährt mit seinem kleinen Auto nach wie vor dreimal in der Woche zu ihr auf Besuch. Er erzählt ihr alles, was es Neues gibt, redet über die alten Zeiten, bringt Fotos mit von früher und erzählt die alten Geschichten dazu. Die Frida liegt dann da und schaut ihn mit ihren grauen Augen ununterbrochen an. Sie stirbt in den letzten Stunden der Silvesternacht mit über sechsundachtzig Jahren. Aber das, was sie wirklich war, ihr Geist und ihr Gefühl, die Frida innen drinnen in ihr, die ist ihr, wie die Wahrsagerin prophezeit hat, mit achtundsiebzig Jahren vorausgegangen.

Der Sepp lebt noch knappe zwei Jahre allein mit seiner Hündin Trixi, die sich immer zu ihm legt, wenn er auf der Bettbank ein Mittagsschläfchen hält. Gleich nebenan im Nachbarhaus, auf einem Teil des so mühevoll erworbenen Baugrundes, steht das Haus vom Julius und seiner Familie, aber der Sepp ist so selbständig, er kauft selbst ein, kocht auch selber, er fährt bis zum Schluss mit dem Auto, schneidet seine Bäume und mäht sich meistens seinen Rasen selbst. Viel Hilfe braucht er nicht. Das Schönste, was er in seinen letzten Lebensjahren hat, das ist die große Zuneigung seiner Enkelin Doris. Sie ist so viel für ihn da, sie schenkt ihm ihre Zeit und ihre Liebe und sie hört ihm immer zu, wenn er von früher erzählt. Und er hat viel zum Erzählen.

Dann, mit weit über 90 Jahren, geht auch er „heim", wie er das immer genannt hat, „heim zu seiner Frida." Die Trauernden sagen: „Nun ist er fortgegangen. Er wird uns fehlen." Aber auf der anderen Seite, drüben im Licht, da wartet schon die Frida, und als ihr Sepp kommt, nimmt sie ihn in die Arme und sagt: „Da bist du endlich, Sepp, ich hab' schon so auf dich gewartet."